Die deutsche Ausgabe erscheint bei:
Parragon Books Ltd
Chartist House
15–17 Trim Street
Bath BA1 1HA, UK
www.parragon.com

Realisation der deutschen Ausgabe: trans texas publishing, Köln
Übersetzung und Satz: lesezeichen Verlagsdienste, Köln

ISBN 978-1-4723-5888-2

Printed in China

Disney PLANES 2
IMMER IM EINSATZ

Parragon

Bath • New York • Cologne • Melbourne • Delhi
Hong Kong • Shenzhen • Singapore • Amsterdam

Drei Jahre war das jetzt her, seit Dusty die „Wings-Around-the-Globe"-Rallye gewonnen hatte, und seitdem war er nicht mehr zu bremsen.

Wenn Dusty nicht gerade Rennen flog, war er in Propwash Junction, wo alle sich auf das alljährliche Maisfest vorbereiteten.

Dusty grinste. „Das wird das größte Fest aller Zeiten."

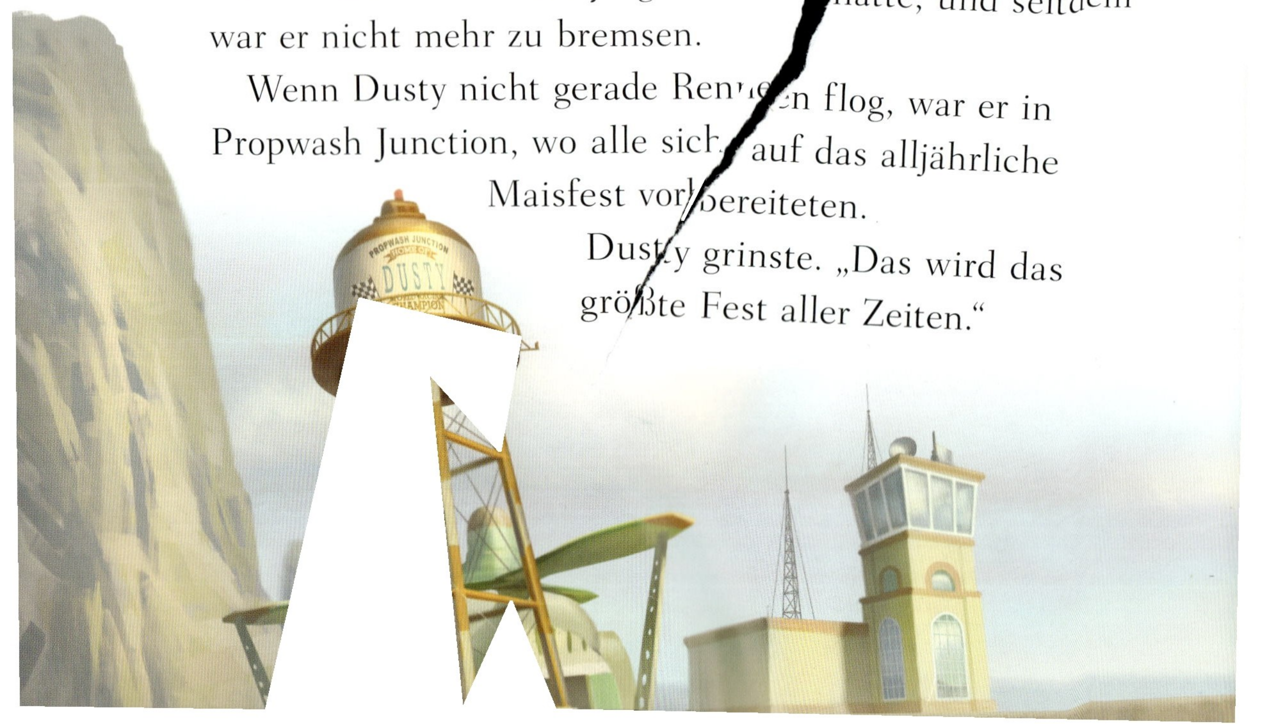

Eines Tages verpasste Skipper, Dustys Coach, dem Champion eine harte Trainingsstunde. Plötzlich fing Dustys Motor an zu stottern und er geriet ins Trudeln.

„Dusty? Dusty? Was ist los?”, fragte Skipper besorgt.

Dusty konnte nicht antworten, weil er außer Atem war und ihm schlecht wurde. Er verlor schnell an Höhe.

„Langsam! Immer mit der Ruhe“, brüllte Skipper.

Zum Glück hatte Dusty bald wieder alles unter Kontrolle und Skipper half ihm, sicher zu landen.

Dustys Mechanikerin Dottie hatte schlechte Nachrichten. „Dein Getriebe ist kaputt“, sagte sie. Und was das Schlimmste war: Es konnte nicht ausgetauscht werden, weil es nicht mehr hergestellt wurde.

Dottie stattete Dusty mit einer Warnanzeige aus. „Wenn das Warnlicht aufleuchtet, musst du langsamer werden“, erklärte sie.

Später am Abend wollte Dusty sich selbst beweisen, dass er immer noch ein Rennflugzeug sein konnte. Er hob ab und sauste über die Baumwipfel durch den Nachthimmel.

Da leuchtete das Warnlicht auf. Als Dusty langsamer wurde, sah er, dass der Turm vor ihm schon zu nah war, um ihn zu überfliegen. Er brach die Spitze ab, landete unsanft und schlitterte geradewegs in die Tankstelle des Flugplatzes.

Das Dach der Tankstelle fiel zusammen und eine Benzinpumpe explodierte. *KRAWUMMM!*

Mayday, das Feuerwehrauto des Flugplatzes, versuchte das Feuer zu löschen, aber sein löchriger Schlauch taugte nichts. Verzweifelt rief er nach freiwilligen Helfern, um einen Wasserturm zu kippen.

Mayday, Skipper, Chug und Dusty zogen gemeinsam an dem Turm und das Wasser löschte das Feuer.

Am nächsten Tag erklärten zwei Sicherheitsprüfer, dass der Flugplatz von Propwash Junction so lange geschlossen bliebe, bis Mayday generalüberholt und ein zweites geprüftes Löschfahrzeug im Einsatz war.

Das Maisfest würde ausfallen müssen.

Dusty fühlte sich mies wegen des Feuers und suchte nach einem Ausweg. Er überlegte sich, er selbst könne Propwashs neues Löschflugzeug werden.

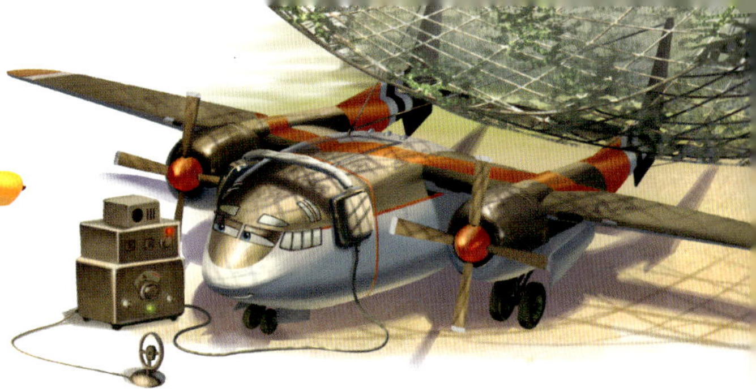

Tags darauf flog Dusty zur Basis des Luft-Löschtrupps im Piston Peak National Park. Maydays Freund Blade Ranger, Leiter des Stützpunkts, willigte ein, Dusty auszubilden.

Dusty kam gerade rechtzeitig an, um zu sehen, wie Dipper, Cabbie, Windlifter und die Feuerspringer eine professionelle Löschübung durchführten.

Der Rettungshubschrauber Blade stand schon auf seiner Position. Dusty verfolgte, wie er Löschmittel in die Feuersbrunst kippte. Alle kämpften zusammen gegen das Feuer.

Zurück in der Basis erklärte Dusty, dass er als Löschflugzeug ausgebildet werden wolle.

Der Mechaniker Maru ersetzte Dustys Fahrwerk durch Schwimmer. „Ich habe sie umgebaut“, berichtete er stolz. „Sie sind besser als neue.“

Dustys Ausbildung begann am Anchor Lake: Er sollte üben, seine Schwimmer mit Wasser zu füllen. Dann testete Blade im Augerin Canyon Dustys Tiefflugkenntnisse – Dusty bestand mit Bravour.

Während des Unterrichts blinkte Dustys Warnlicht und ließ ihn langsamer werden.

„Wenn du nicht dein Äußerstes gibst“, warnte ihn Blade, „schaffst du den Abschluss nicht.“

Am nächsten Tag sollte Dusty brennende Fässer löschen.

Obwohl er es immer wieder versuchte, traf er höchstens eins der Ziele.

Dusty flog entmutigt zurück zum Hangar. Da funkten Skipper, Chug und Dottie ihm sehr gute Neuigkeiten: Sie hatten ein Ersatzgetriebe für ihn gefunden.

„Mann, danke! Das ist ja großartig", antwortete Dusty. Er hätte nicht glücklicher sein können.

In dem Moment kam der Parkvorsteher Cad Spinner auf die Basis. Als Cad hörte, dass Dusty berühmte Rennen geflogen war, lud er ihn sogleich zur großen Neueröffnung seiner Lodge ein.

Nur Blade machte sich Sorgen, weil er wusste, dass Cad eigentlich schon viel zu viele Gäste eingeladen hatte – das war ein Brandrisiko.

Nachdem sie einen ganzen Tag lang einen Großbrand gelöscht hatten, fanden sich Dusty, Dipper, Windlifter und Maru bei der Hotelparty ein. Dusty traf hier Harvey und Winnie, ein älteres Ehepaar. Sie suchten nach der Stelle, wo sie sich zum ersten Mal geküsst hatten. Es musste irgendwo an einem Wasserfall gewesen sein.

„Hört sich nach dem Augerin Canyon an", vermutete Dusty.

Er unterhielt sich mit seinen neuen Freunden. Sie alle hatten etwas anderes gemacht, bevor sie Feuerwehren wurden. Dusty dachte, dass auch er ein Leben ohne Rennen führen könnte.